PECOS BILL

UN CUENTO FANTÁSTICO, RELATADO E ILUSTRADO POR

STEVEN KELLOGG

TRADUCIDO POR AÍDA E. MARCUSE

A MULBERRY PAPERBACK BOOK

UN LIBRO MULBERRY EN ESPAÑOL • NEW YORK

The Library of Congress has cataloged the Mulberry English-language edition of *Pecos Bill* as follows: Kellogg, Steven. Pecos
Bill. Summary: Incidents from the life of Pecos Bill, from his childhood among the coyotes to his unusual wedding day. ISBN
0-688-09924-6 1. Pecos Bill (Legendary character)—Juvenile literature. [1. Pecos Bill (Legendary character) 2. Folklore—United
States. 3.Tall tales.] I.Title. PZ8.1K3Pe 1986 398.2'2'09764 86-784

First Mulberry Spanish-language Edition, 1995 ISBN 0-688-14020-3

Para Jason Castle Edwards — otro héroe texano.

Allá por los días bravíos de los pioneros, hace mucho, mucho tiempo, cuando Pecos Bill era un niño, su familia decidió que Nueva Inglaterra estaba sobrepoblada y era hora de montar en los carretones y enfilar hacia el Oeste.

El clan ya había decidido establecerse en el este de Texas, cuando la madre de Bill vio a un colono que construía una choza a cien kilómetros de distancia.

—Este lugar también está sobrepoblado —gruñó—, sigamos adelante.

Mientras cruzaban el río Pecos, Bill echó la línea de pescar.
Pronto una trucha mordió el anzuelo con tanta fuerza que
Bill fue arrojado de la carreta por el violento tirón.

La corriente lo arrastró río abajo, y con toda seguridad se habría ahogado, si un coyote no lo hubiera salvado.

La familia del coyote adoptó a Bill y le enseñó las costumbres de los animales salvajes.

Para cuando a Bill le quedaron chicos los pantalones, ya se sentía como un miembro de la manada.

Le encantaba retozar con sus hermanos coyotes y, a medida que se hizo mayor, también saltar de peña en peña con los carneros.

Un día, un vagabundo de nombre Chuck se topó con Bill
que dormía la siesta.

Le preguntó qué era eso de dormitar sin pantalones entre
las malezas. Bill trató de explicarle que él era un coyote.

—¡Por la crin de mi caballo! ¡Tú eres tan texano como yo! —dijo Chuck.

Bill decidió probar la vida de texano. Le pidió prestada a Chuck su otra muda de ropa y lo acribilló a preguntas.

—A decir verdad —dijo Chuck— casi todos los texanos son unos bandidos, puros sacos de pulgas, y los peores son los de la Pandilla de la Quebrada del Infierno. Pero hasta ellos se reformarían si se hiciesen vaqueros y juntasen los toros salvajes que vagan por ahí.

A Bill le gustó la idea de ser vaquero y se encaminó rumbo a la Quebrada del Infierno, decidido a reclutar a la temible Pandilla.

Los planes de Bill fueron interrumpidos cuando fue
emboscado por una gigantesca serpiente cascabel.

Mientras la serpiente se le enroscaba por todo el cuerpo,
Bill trataba de esquivar los temibles colmillos.

La serpiente lo estrujó con toda su fuerza, pero Bill la
estrujó aún más. Recién aflojó el apretón, cuando terminó
de escurrirle la última gota de veneno. La serpiente quedó
finita como una cuerda y mansa como un pececito dorado.

Justo entonces, antes que Bill pudiera recuperar el
aliento, le salió al paso una bestia, entre oso, puma,
gorila y tarántula. Lucharon cañón arriba y cañón abajo,
y armaron tal alboroto, que se levantó una gran nube
de polvo hasta que finalmente el monstruo, totalmente
mareado, acabó por rendirse.

Nadie se lió con esas alimañas y sobrevivió para contarlo. Así que cuando Bill llegó con las dos bestias, la Pandilla de la Quebrada del Infierno quedó atónita.

—¿Quién es el jefe de esta banda? —preguntó Bill.

—Era yo —refunfuñó Fusil Smith—, pero desde ahora lo serás tú.

Bill les dijo a los pandilleros que los iba a convertir a todos, hasta el último, en vaqueros respetables. Los hombres afirmaron que el ganado de Texas era demasiado tozudo para soportar la vida de los ranchos.

Siguiendo una inspiración súbita, Bill se acercó a un toro salvaje que andaba por ahí, muy malhumorado.

Cuando el animal se revolvió para pisotearlo, Bill lo enganchó con la serpiente, y lo derribó de un violento tirón.

—¡A mi juego me llamaron! ¡Acabo de inventar cómo se enlaza el ganado! —gritó.

Bill lanzó el escalofriante aullido del coyote y el toro se espeluznó tanto, que la piel se le salió del cuerpo. La bestia salió pitando a esconderse hasta que le creciera otra piel, y Bill cortó tiras de la piel vieja y se las dio a sus hombres para que las usasen de lazos.

Ahí mismito, vaqueros y ganado se trenzaron en un desenfrenado jaleo que hasta hoy se recuerda como el primer rodeo del salvaje Oeste.

Cuando concluyó, la pandilla proclamó que serían
vaqueros hasta el fin de sus días, y todos le prometieron
a Bill que le ayudarían a acorralar hasta el último animal
salvaje que vagara por Texas.

Bill necesitaba un caballo para el gran rodeo.

—En las montañas hay un potro salvaje que la gente llama Rayo, aunque hay quien piensa que habría que llamarlo Enviudador. Le llamen como le llamen, es el caballo más rápido y hermoso del mundo entero —dijo Chuck.

Bill salió inmediatamente a buscarlo. Y cuando lo encontró,
supo que Rayo era el caballo para él.

Lo persiguió al norte, hasta el Círculo Ártico...

y al sur, hasta las profundidades del Gran Cañón.

Finalmente consiguió acorralar al potro y saltarle encima.
Rayo corcoveó por el cañón a grandes saltos y, de una sola
estampida, cruzó tres estados.

Bill empezó a cantar en el idioma que le habían enseñado los coyotes. Su canción contaba la admiración que sentía por la fuerza del potro, y le prometía eterna devoción si aceptaba compartir su vida.

Cuando terminó de cantar le ofreció al potro su libertad, pero Rayo prefirió quedarse para siempre con Bill.

Con Pecos Bill y Rayo a la cabeza, los vaqueros se fueron de correría por el estado de Texas y rodearon hasta el último animal salvaje. Pero su entusiasmo se vino al suelo cuando descubrieron que conducir las manadas ida y vuelta a sus pastoreos de verano y de invierno era una tarea tremenda.

Para acallar las continuas protestas, Bill estableció el Rancho de Perpetuo Movimiento en el Pico Encumbrado, que era tan, pero tan alto, que en la cima era siempre invierno mientras que en la base, la primavera y el otoño se convertían en verano.

Una familia de marmotas ayudó a Bill a cercar la montaña para que el ganado pudiese ir de una estación a la otra sin que hubiera que cuidarlo.

El plan funcionó a la perfección salvo por un pequeño detalle: el Pico Encumbrado era tan, pero tan escarpado, que el ganado resbalaba ladera abajo al menor soplo de brisa. Cuando eso sucedía, los hombres tenían que luchar más que nunca para llevar de vuelta los animales montaña arriba.

Para resolver el problema, Bill inventó un ganado que tenía las patas muy cortas a un lado del cuerpo. Mientras mantuviesen sus patas cortas pegadas a la montaña, los animales podían aferrarse sólidamente a las laderas, incluso durante una fuerte tormenta de viento.

Por fin los hombres del Rancho de Perpetuo Movimiento disfrutaron de muchos ratos libres, y a Bill se le reconoció como el mejor vaquero del mundo.

Pero el momento culminante de la vida de Bill llegó
cuando Susana Patituerta acertó a pasar, montada sobre
un siluro. Apenas la vio, Bill se enamoró perdidamente y
le gritó, al paso, que quería casarse con ella.

Susana aceptó la propuesta con dos condiciones: primero,
que Bill le comprase un vestido de boda con polisón, y
segundo, que la dejase ir a la ceremonia montada en Rayo.

Cumplir con el primer pedido era fácil. Bill galopó hasta
Dallas y regresó con el vestido con polisón más hermoso
que encontró en la ciudad.

Satisfacer la segunda condición no fue tan sencillo.

Aunque Susana Patituerta era una amazona de primera, en cuanto su polisón tocó la silla de montar, Rayo la lanzó por el aire derechito al cielo.

Susana se remontó, dio vueltas a la luna y emprendió el largo regreso a la Tierra.

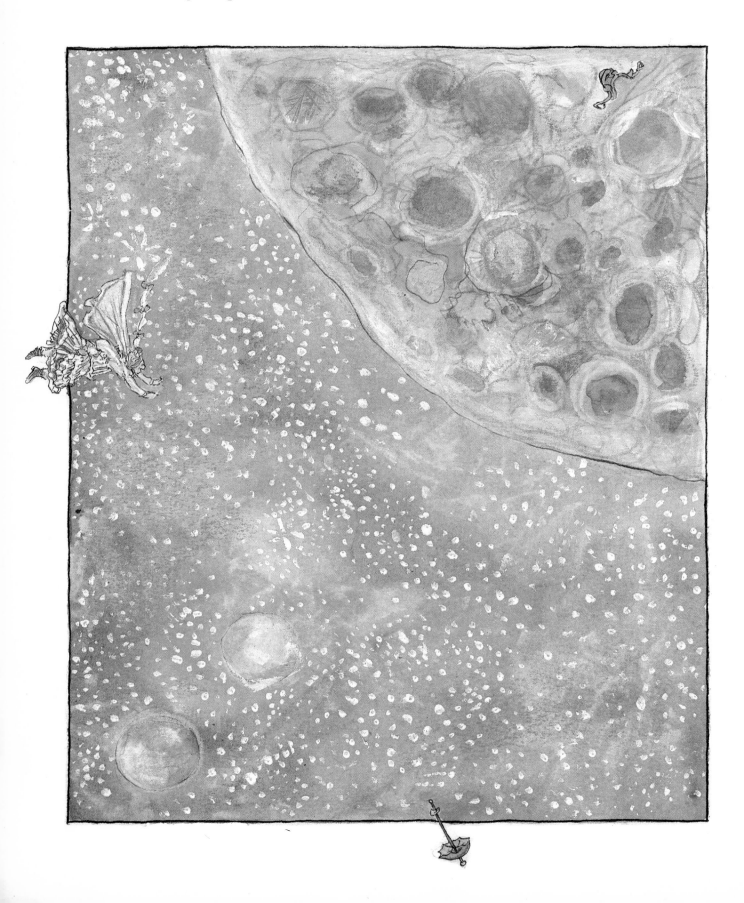

Aterrizó sentada sobre el polisón, pero aunque Bill era muy rápido, no consiguió retenerla antes de que rebotara hacia el espacio.

Una y otra y otra vez, Susana tocó tierra y rebotó hacia las estrellas.

Probablemente hubiera seguido yendo y viniendo por
los siglos de los siglos, si Bill no hubiese enlazado un
tornado que le ayudó a detener los rebotes de su novia.

La pareja se aferró a la desenfrenada tormenta hasta que ésta se abatió sobre California. Para gran sorpresa de Bill, aterrizaron justo encima del carretón de su papá y su mamá.

A Bill le costó creer que su familia todavía no había encontrado un lugar adecuado para establecerse. Les dijo que podían pasar el resto de sus vidas vagando en vano de un lugar a otro sin encontrar jamás algo mejor que Texas.

Todo el mundo se dirigió al rancho de Bill para celebrar la gran reunión de familia. Y hoy en día, sus descendientes todavía viven en Texas, y rodean ganado muy felices y contentos.